Comentarios de los niños lectores de La casa del árbol® y La casa del árbol, MISIÓN MERLÍN®.

¡Gracias por escribir estos maravillosos libros! He aprendido mucho sobre historia y el mundo que me rodea. —Rosanna

La casa del árbol *marcó los últimos años de mi infancia. Con sus riesgosas aventuras y profunda amistad, Annie y Jack me enseñaron a tener valor y a luchar contra viento y marea, de principio a fin.* —Joe

*¡Las descripciones son fantásticas! Tienes palabras para todo, salen a borbotones, ¡oh, cielos!... ¡*La casa del árbol *es una colección apasionante!* —Christina

Me gustan mucho tus libros. Me quedo despierto casi toda la noche leyéndolos. ¡Incluso los días que tengo clases! —Peter

¡Debo de haber leído veinticinco libros de tu colección! ¡Leo todas las aventuras de La casa del árbol *que encuentro!* —Jack

Jamás dejes de escribir. ¡¡Si ya no tienes más historias que contar, no te preocupes, te prest_____ —Kevin

¡Los padres, maestros y bibliotecarios también adoran los libros de La casa del árbol®!

En las reuniones de padres y maestros, La casa del árbol es un tema recurrente. Los padres, sorprendidos, cuentan que, gracias a estos libros, sus hijos leen cada vez más en el hogar. Me complace saber que existe un material de lectura tan divertido e interesante para los estudiantes. Con esta colección, usted también ha logrado que los alumnos deseen saber más acerca de los lugares que Annie y Jack visitan en sus viajes. ¡Qué estímulo maravilloso para hacer un proyecto de investigación! —Kris L.

Como bibliotecaria, he recibido a muchos estudiantes que buscan el próximo título de la colección La casa del árbol. Otros han venido a buscar material de no ficción relacionado con el libro de La casa del árbol que han leído. Su mensaje para los niños es invalorable: los hermanos se llevan mejor y los niños y las niñas pasan más tiempo juntos. —Lynne H.

A mi hija le costaba leer pero, de alguna manera, los libros de La casa del árbol la estimularon para dedicarse más a la lectura. Ella siempre espera el nuevo número con gran ansiedad. A menudo la oímos decir entusiasmada: "En mi libro favorito de La casa del árbol leí que…". —Jenny E.

Cada vez que tienen oportunidad, mis alumnos releen un libro de La casa del árbol *o contemplan los maravillosos dibujos que allí encuentran. Annie y Jack les han abierto la puerta al mundo de la literatura. Y sé que, para mis estudiantes, quedará abierta para siempre.* —Deborah H.

Dondequiera que vaya, mi hijo siempre lleva sus libros de La casa del árbol. *Jamás se aparta de su lectura, hasta terminarla. Este hábito ha hecho que le vaya mucho mejor en todas sus clases. Su tía le prometió que si él continúa con buenas notas, ella seguirá regalándole más libros de la colección.* —Rosalie R.

LA CASA DEL ÁRBOL® #33
MISIÓN MERLÍN

Carnaval a media luz

Mary Pope Osborne

Ilustrado por Sal Murdocca

Traducido por Marcela Brovelli

LECTORUM
PUBLICATIONS, INC.

Spanish translation©2016 by Lectorum Publications, Inc.
Originally published in English under the title
CARNIVAL AT CANDLELIGHT
Text copyright©2005 by Mary Pope Osborne
Illustrations copyright ©2005 by Sal Murdocca
This translation published by arrangement with Random House Children's Books,
a division of Random House, Inc.

MAGIC TREE HOUSE®
Is a registered trademark of Mary Pope Osborne, used under license.

Library of Congress Cataloging-in-Publication data
Names: Osborne, Mary Pope. | Murdocca, Sal, illustrator. | Brovelli, Marcela, translator.
Title: Carnaval a media luz / Mary Pope Osborne ; ilustrado por Sal Murdocca ; traducido por Marcela Brovelli.
Other titles: Carnival at candlelight. Spanish
Description: Lyndhurst, NJ : Lectorum Publications, Inc., [2016] | Series: La casa del árbol ; #33 | "Misión Merlín." | Originally published in English by Random House in 2005 under title: Carnival at candlelight. | Summary: While on a mission to prove to Merlin that they can use magic wisely, Jack and Annie travel to seventeenth-century Venice, Italy, to save the city from disaster.
Identifiers: LCCN 2016031939 | ISBN 9781632456434
Subjects: | CYAC: Time travel--Fiction. | Magic--Fiction. | Tree houses--Fiction. | Brothers and sisters--Fiction. | Venice (Italy)--History--17th century--Fiction. | Italy--History--17th century--Fiction. | Spanish language materials.
Classification: LCC PZ73 .074716 2016 | DDC [Fic]--dc23
LC record available at https://lccn.loc.gov/2016031939

....
ISBN 978-1-63245-643-4
Printed in the U.S.A
10 9 8 7 6 5 4 3 2 1

Para Gail Hochman, naturalmente.

Queridos lectores:

Carnaval a media luz es el quinto libro de "Misión Merlín", de la colección La casa del árbol. *En las cuatro primeras misiones, Annie y Jack viajan a un lugar imaginario en el que suceden muchas cosas mágicas. Yo adoro escribir historias que ocurren en mundos legendarios, pero también me gusta escribir acerca de la vida real. Es por ello, que en estas misiones encontrarán una mezcla de ambas cosas, Annie y Jack tendrán aventuras fantásticas, en un mundo y tiempo reales.*

Uno de los sitios más sorprendentes que he visitado es Venecia, Italia. Esta ciudad está formada por un grupo de islas dentro de una inmensa laguna, situada entre el continente y el mar Adriático. El agua, el arte, la arquitectura, el ambiente, han convertido a Venecia en uno de los sitios más bonitos del mundo. Escribir una aventura para "La casa del árbol" con Venecia como escenario me permitió regresar allí diariamente durante muchos meses, en forma imaginaria. Trabajar en este libro ha sido un viaje emocionante. Ahora los invito a compartir mi travesía para que puedan descubrir la magia y el misterio de esta ciudad.

Mary Pope Osborne

ÍNDICE

Parado sobre el Puente de los Suspiros, en Venecia;
un palacio y una prisión, uno en cada mano:
vi alzarse sus construcciones desde las olas,
como por arte de una vara mágica...

Las peregrinaciones de Childe Harold
—Lord Byron

Prólogo

Un día de verano, en el bosque de Frog Creek apareció una misteriosa casa en la copa de un árbol. Muy pronto, los hermanos Annie y Jack advirtieron que la pequeña casa era mágica; podía llevarlos a cualquier lugar y época de la historia. También descubrieron que la casa pertenecía a Morgana le Fay, una bibliotecaria mágica del legendario reino de Camelot.

Después de viajar en muchas aventuras para Morgana, Annie y Jack vuelven a viajar en la casa del árbol en las "Misiones Merlín", enviados por dicho mago. Con la ayuda de dos jóvenes hechiceros, Teddy y Kathleen, Annie y Jack visitan cuatro lugares legendarios en busca de objetos valiosos para salvar al reino de Camelot.

En las próximas cuatro Misiones Merlín, Annie y Jack deben viajar a sitios y períodos reales de la historia para probarle a Merlín que ellos pueden hacer magia con sabiduría.

CAPÍTULO UNO

Libro de magia

En el bosque de Frog Creek empezaba a amanecer. Al ver una luz que brillaba en lo alto, Jack corrió hacia ella tan rápidamente que apenas podía oír sus pasos sobre el pasto y sentir el aire frío del invierno.

Más cerca de la luz, divisó la pequeña casa mágica en la copa del roble más alto. Vio a una niña de pelo oscuro, ondulado y ojos azules como el mar, asomada a la ventana. Junto a ella, había un niño muy sonriente, de pelo colorado y enmarañado. Cuando lo saludaron, Jack se sintió inmensamente feliz.

—¡Vamos, despierta!

Jack abrió los ojos. Su hermana estaba parada junto a su cama y tenía puesta su chaqueta más gruesa. Afuera apenas había luz.

—Soñé con la casa del árbol —dijo ella.

—¿De veras? —preguntó Jack, un poco dormido.

—Sí, estábamos corriendo por el bosque, al amanecer. Y cuando llegábamos a la casa, Teddy y Kathleen estaban esperándonos —contestó Annie.

Jack se incorporó.

—Tuve el mismo sueño —comentó.

—Te espero abajo —dijo Annie mientras salía de la habitación de su hermano.

Jack saltó de la cama, se puso los lentes y se vistió. Agarró la mochila y la chaqueta para la nieve y, sin hacer ruido, bajó por la escalera.

Annie esperaba en el porche. El aire de febrero era frío. Las gotas de rocío brillaban sobre el césped mientras el sol se asomaba por el bosque de Frog Creek.

—¿Estás listo? —preguntó Annie.

Jack asintió con la cabeza y se subió el cierre de la chaqueta. Sin hablar, ambos atravesaron la calle rápidamente. Al llegar al bosque, avanzaron por entre los árboles desnudos y las sombras de la joven mañana hasta que, de pronto, se detuvieron.

La casa del árbol estaba *allí*, ¡tal como Jack lo había soñado! La pequeña casa de madera se encontraba en la copa del roble más alto, iluminada por la fría luz del amanecer.

—¡Vaya! Los sueños se hacen *realidad* —dijo Jack, entusiasmado.

—Sí. ¡Teddy! ¡Kathleen! —llamó Annie.

Nadie contestó.

—Parece que a nuestro sueño le falta una parte —comentó Annie, con tristeza. Se agarró de la escalera colgante y empezó a subir. Jack siguió a su hermana. Luego, Annie entró en la casa del árbol. —¡Uau! —exclamó.

—¿Qué pasa? —preguntó Jack.

—¡Están aquí! —contestó Annie, en voz baja.

Jack entró en la casa del árbol. Sus amigos, Teddy y Kathleen, aprendices de mago de Morgana le Fay, dormían profundamente, sentados debajo de la ventana y envueltos en sus capas de lana.

—¡Eh, dormilones! ¡Despierten! —dijo Annie.

Kathleen parpadeó entre bostezos. Teddy se frotó los ojos. Cuando vio a Jack y a Annie, sonrió con entusiasmo y, de un salto, se puso de pie.

—¡Hola! —dijo.

—¡Hola! —gritó Annie, abrazando a Teddy—. Mi hermano y yo soñamos que ustedes habían vuelto.

—¡Ah, entonces nuestra magia funcionó! —comentó Teddy—. A Kathleen se le ocurrió mandarles sueños como señal de nuestro regreso. Parece que nuestra magia también nos llevó a la tierra de los sueños.

—Pero ahora estamos despiertos —añadió Kathleen—, me alegro tanto de verlos... —. Se puso de pie y se cubrió con la capa. Con el reflejo del amanecer, sus ojos parecían dos luceros azules.

—Yo también me alegro de verlos —agregó Jack, tímidamente.

—¿Vinieron para llevarnos a otra Misión de Merlín? —preguntó Annie.

—No exactamente —contestó Teddy—. Él tiene una misión más importante para ustedes. Pero esta vez nosotros no los acompañaremos.

—¡Huy, no! —protestó Annie—. Pero, ¿qué haremos sin la magia de ustedes?

Teddy y Kathleen se miraron y sonrieron. Luego, Kathleen miró a Annie y a Jack.

—Morgana piensa que ustedes ya están listos para usar nuestra magia sin ayuda —comentó Kathleen.

—¿De verdad? —preguntó Jack.

—Sí —respondió Teddy—, pero Merlín es muy cauteloso para compartir sus poderes mágicos con los mortales, incluso con personas tan aptas como ustedes. Además, tiene recelo de que la magia se use fuera de las tierras de Camelot. Aun así, Morgana lo convenció para que los pusiera a prueba en las cuatro misiones siguientes.

—¡Pero nosotros no sabemos hacer magia! —dijo Jack.

—¿Recuerdan lo que les dije en la última aventura? —preguntó Teddy—. Si trabajamos todos juntos...

—¡Todo es posible! —agregó Annie—. Pero acabas de decir que no vendrán con nosotros.

—Es cierto, por eso les trajimos *esto* —dijo Kathleen. Sacó del bolsillo de la capa un pequeño libro hecho a mano y se lo entregó a Annie.

La tapa estaba hecha con un papel rugoso, de color marrón, que decía:

10
Rimas mágicas
para Annie y Jack
de Teddy y Kathleen

—¿Ustedes hicieron esto para nosotros? —preguntó Annie.

—Sí —respondió Kathleen—. La primera línea de cada rima la hizo Teddy, y la segunda línea la hice yo.

Annie abrió el libro en la página del índice. Ella y Jack echaron un vistazo a la lista de rimas. Luego, Jack leyó algunas líneas en voz alta:

"Volar por el aire. Ablandar el metal.
Convertirse en patos…"

—¡Qué lindo! ¡Nos convertiremos en patos! —dijo Annie, riendo sin parar.

—Ahora no —agregó Kathleen—. Deberán ser moderados con las rimas. Solo hay diez. Tendrán que usarlas una a la vez, a lo largo de los cuatro viajes.

—¿Cuatro? —preguntó Jack.

—Sí —contestó Teddy—. Merlín dijo que si, en las cuatro misiones aplican las rimas sabiamente, les revelará los secretos para que ustedes mismos puedan hacer magia.

—¡Oh, cielos! —dijo Annie.

Jack guardó el libro de las rimas mágicas en la mochila.

—¿Adónde iremos en nuestra primera misión? —preguntó.

—Este libro de la biblioteca de Morgana los guiará —explicó Teddy mientras se lo entregaba a Jack. En la tapa, se veía una ciudad muy colorida, rodeada de agua.

Jack leyó el título en voz alta:

VISITA A VENECIA, ITALIA

—Oí hablar de Venecia —dijo Annie—. El año pasado, la tía Gail y el tío Michael fueron allí de vacaciones.

—Sí, fue y es una ciudad muy visitada —comentó Teddy—. Pero tú y Jack irán a la Venecia de hace doscientos sesenta años.

—¿Y qué haremos? —preguntó Jack.

—Merlín les ha preparado instrucciones con mucho cuidado —explicó Teddy. Y, del bolsillo de la capa, sacó una carta. —Léanla al llegar a Venecia —les dijo.

—De acuerdo —contestó Jack, guardando la carta de Merlín y el libro de Morgana en la mochila.

—Esperen un momento —dijo Annie—. Si nosotros vamos a Venecia en la casa del árbol, ¿cómo regresarán ustedes a Camelot?

Teddy y Kathleen sonrieron y alzaron las manos. Ambos llevaban puesto un anillo de cristal azul pálido.

—Estos anillos mágicos pertenecen a Morgana —comentó Kathleen—. Nos servirán para regresar a casa.

—Recuerden —dijo Teddy—, sigan las indicaciones de Merlín con mucho cuidado. Si dan prueba de ser ayudantes sabios y valientes, él los llamará muy pronto.

Kathleen asintió con la cabeza.

—¡Adiós! ¡Buena suerte! —les dijo a Annie y a Jack.

Teddy y Kathleen besaron sus anillos. Pronunciaron unas palabras en voz muy baja y luego soplaron las sortijas.

Ante los ojos de Annie y Jack, los dos jóvenes magos fueron alejándose en el aire frío de la mañana hasta que desaparecieron.

—Se fueron —dijo Jack, con un hilo de voz.

—Ya es hora de que hagamos lo mismo —dijo Annie. Jack respiró hondo. Luego, señaló la tapa del libro de Venecia.

—¡Deseamos ir a este lugar! —proclamó.

El viento empezó a soplar.

La casa del árbol comenzó a girar.

Más y más rápido cada vez.

Después, todo quedó en silencio.

Un silencio absoluto.

CAPÍTULO DOS

Carnaval

Annie se rió.

Jack abrió los ojos. Ambos llevaban puestos trajes de color rosa y violeta, con enormes pliegues en el cuello; unos sombreros muy extraños sobre sus cabezas, y unas zapatillas de bailarina, con moños inmensos.

—¿Quiénes somos? —preguntó Annie.

—No lo sé —contestó Jack. Más que un ayudante sabio y valiente, con sus zapatillas rojas, se sentía tonto.

Desde la ventana de la casa mágica, vieron que habían aterrizado sobre un pequeño árbol, en un jardín rodeado de un muro de piedra. El cielo estaba gris. Jack no sabía si era de día o de noche. El aire pesado y húmedo anunciaba una tormenta.

—Creo que estamos en Venecia —dijo.

—Fijémonos en nuestro libro —sugirió Annie. Y comenzó a leer en voz alta:

> **Venecia, ubicada en una laguna en el Mar Adriático, es una de las ciudades más turísticas del mundo. Por sus calles acuáticas, llamadas canales, circulan las famosas góndolas, unos botes pequeños que usa la gente para transportarse. El gondolero, ubicado en la parte trasera, conduce la barca impulsándola con un remo de mango largo.**

—Eso parece divertido —dijo Jack.

—¡Sí! —agregó Annie, y cerró el libro—. ¡Vámonos!

—Espera —dijo Jack—. Ni si quiera sabemos cuál es nuestra misión. —Agarró la carta de Merlín y empezó a leer en voz alta:

Queridos Annie y Jack, de Frog Creek:

Para esta misión necesitarán mucha paciencia y un poco de magia. La Gran Dama de la Laguna corre un tremendo peligro. El único que puede ayudarlos a salvarla es el Gobernador de los Mares. Para encontrarlo, sigan mis instrucciones:

*Cuando las aguas se alcen detrás de la luna,
visiten a la Gran Dama de la Laguna.
Para saber qué camino hay que tomar,
a un pintor llamado Tiepolo deberán hallar.
A la medianoche, dos hombres darán la hora.
Trepen a la cima de la torre sin demora.
El Rey de la Selva hacia allá los llevará,
no por la tierra sino por el aire se elevará.
Un ángel dorado les servirá de guía,
hacia el mar en la noche, hacia el hogar en el día.*

M.

—¿Quién será la Gran Dama? —preguntó Annie—. ¿Por qué tenemos que salvarla?

—Me pregunto eso y mucho más —agregó Jack—. ¿Y el Rey de la Selva? Esto es una ciudad, no una jungla. ¿Y quién será al ángel...? ¿Y quién...?

—Vayamos poco a poco —sugirió Annie—. ¿Qué es lo primero que debemos hacer?

Jack volvió a leer:

Cuando las aguas se alcen detrás de la luna,
visiten a la Gran Dama de la Laguna.

—Empecemos por encontrar a la Gran Dama —sugirió Annie, abandonando la casa.

Jack guardó en la mochila la carta de Merlín, el libro de Morgana y el libro de las rimas mágicas de Teddy y Kathleen. Bajó por la escalera colgante y se reunió con su hermana.

Mientras avanzaban por un sendero pedregoso, el cielo se oscureció. *"Bien"*, pensó Jack, *"ya es de noche"*.

No quería que nadie lo viera con su ridículo traje, en especial, con las zapatillas rojas.

—Esa debe de ser la salida —dijo Annie, dirigiéndose hacia un portón de madera que había en el muro del jardín. Luego, empujó la puerta con fuerza.

Ella y Jack aparecieron en un camino solitario, contiguo a una estrecha ruta acuática.

—Creo que es un canal —comentó Jack.

—Y esa debe de ser una góndola —agregó Annie, señalando una barca larga y curva de color negro que doblaba por una esquina. Silenciosamente, la góndola se desplazaba por el canal, en dirección a ellos.

—¡Sí! —susurró Annie.

Dos personas iban a bordo: el gondolero y un pasajero. Cada uno llevaba puesta una capa negra, guantes blancos y una fantasmal máscara blanca, ambas con una nariz larga y puntiaguda, como el pico de un ave. El pasajero iba sentado en el medio, llevando un farol. El gondolero, parado en la parte trasera, empujaba la barca con un largo remo.

—Se ven más raros que nosotros —dijo Annie.

—¡No me digas…! —agregó Jack en tono irónico.

—¡Hola! —gritó el pasajero—. ¿Necesitan ayuda?

La voz del extraño se oyó ahogada, debajo de la máscara blanca.

—¡Sí! —respondió Annie con un grito—. ¿Pueden llevarnos a la Gran Dama de la Laguna?

—Sí, por supuesto. ¡Está por allí! —contestó el pasajero enmascarado—. Suban.

—¡Genial! —respondió Annie. Y tiró a Jack de la mano para que subiera a la góndola. Mientras los dos se acomodaban en los asientos entre el gondolero y el pasajero, la barca se balanceó un poco.

El gondolero apartó la barca del muelle. Salpicando un poco con el largo remo, fue avanzando por el canal.

Jack se aclaró la garganta.

—Eh, disculpen —dijo—. ¿Por qué llevan puestas máscaras de pájaro?

—Porque es Carnaval —explicó el pasajero—. Por eso ustedes llevan trajes de payaso, ¿no es así?

—Ah, sí, claro —afirmó Jack.

Luego, con disimulo, sacó el libro de la mochila para investigar.

—¡Cielos! ¡Carnaval! —susurró Annie—. Espero que haya una montaña rusa.

—No lo creo, hace doscientos sesenta años no existían —susurró Jack buscando la palabra *car-*

naval en el índice. Cuando encontró la página, él y Annie empezaron a leer en silencio:

Por muchos siglos, el Carnaval ha sido el festival anual más famoso de Venecia. Para celebrar, la gente se disfraza de lo que desea ser: hombre, mujer, rico, pobre, niño, anciano. Durante el Carnaval todos son iguales.

—¡Mira! ¡Están vestidos como nosotros! —susurró Annie, señalando un colorido traje de cuello blanco con pliegues y con zapatillas rojas con moño.

—¡Y estos son ellos! —susurró Jack mirando otro traje; una capa negra y una máscara blanca con pico de ave.

Jack cerró el libro y lo guardó. Los pasajeros de la barca ya no parecían extraños. Pero, aún se preguntaba por qué una gran dama estaba en peligro durante el Carnaval.

Cuando llegaron a una curva, Jack se quedó boquiabierto. En un canal amplio y abierto, decenas de góndolas se mecían sobre el agua agitada.

Todas estaban decoradas con cintas y flores. La luz de las velas de sus faroles danzaba sobre las olas.

—¡Mira, eso debe de ser por el Carnaval! —dijo Annie señalando las góndolas.

En la distancia, miles de velas titilaban en toda la costa. Sobre el agua se oían risas, gritos y aplausos.

—¡Sujétense fuerte! —dijo el enmascarado en el frente de la góndola—. ¡Esta noche la marea está alta! —Cuando se unieron a la flota de barcas camino al Carnaval, el viento se desató y las olas empezaron a crecer.

Annie y Jack se agarraron de los costados de la góndola. De pronto, Jack oyó un ruido vago, como un trueno distante. A lo lejos, un relámpago zigzagueó iluminando el cielo. *"¿Es una tormenta?"*, se preguntó, nervioso. *"¿Será esto parte del desastre que va a ocurrirle a la Gran Dama de la Laguna?"*.

—Esto va a ser divertido, ¿no lo crees? —preguntó Annie entusiasmada.

—Claro —afirmó Jack tratando de ahuyentar su preocupación mientras el viento y las olas empujaban la góndola hacia las velas titilantes del Carnaval.

CAPÍTULO TRES

La Gran Dama de la Laguna

La góndola se acercó a un muelle del canal. Mientras el gondolero amarraba la barca, el agua cubrió por completo un ancho sendero peatonal, lleno de gente que iba al Carnaval.

El gondolero le extendió la mano enguantada a Annie para que bajara. Luego, hizo lo mismo con Jack. Cuando agarró la mano del hombre, Jack se sorprendió. Era pequeña como la de un niño.

En cuanto Jack se bajó, el gondolero desató la cuerda. Con un empujón, apartó a la góndola del muelle y se alejó remando lentamente.

—¡Adiós! ¡Gracias! —dijo Annie en voz alta.

Los dos extraños enmascarados saludaron a la par.

Annie y Jack contemplaron la góndola que se alejaba sobre las aguas agitadas. Luego, observaron que junto al canal, la multitud del Carnaval desfilaba en ambas direcciones por el sendero peatonal.

—Mira —dijo Annie—. ¡Hay un montón de gente vestida como nosotros! ¡Y como las dos personas de nuestra góndola!

Jack vio decenas de capas negras, máscaras de pájaro, sombreros raros y cuellos con pliegues. También, gente disfrazada de pollo, pirata y caballero. Al parecer, a nadie le molestaba el sendero inundado, o andar con las botas y las zapatillas mojadas.

Mientras Annie y Jack observaban a la muchedumbre, a la distancia se oyó el sonido de una campana.

—Creo que son las nueve —dijo Jack—. La campana sonó nueve veces.

Enseguida, la campana volvió a sonar. Ya sumaban *diez*.

—¿Diez? —preguntó Jack, confundido—. Entonces, ¿qué hora es? ¿Las nueve o las diez?

—No te preocupes por eso ahora —contestó Annie—. ¡Creo que ahí está la Gran Dama de la Laguna!

—¿Dónde? —preguntó Jack.

Annie señaló a una mujer alta, parada al costado de la multitud. Llevaba puesta una máscara blanca, decenas de alhajas, una peluca blanca y una amplia falda.

Annie y Jack se acercaron a ella.

—Discúlpame... ¡Hola! —dijo Annie.

La dama miró a la niña.

—Hola —respondió ella con voz grave de hombre.

—¡Vaya! —exclamó Jack, dando un paso hacia atrás.

—Eres un hombre —dijo Annie riendo.

—Por supuesto —agregó el enmascarado—. En Carnaval soy una dama bonita, ¿no?

—Estamos buscando a la Gran Dama de… —empezó a decir Annie, pero un pollo gigante agarró al hombre de la mano y se lo llevó con los demás.

—Oh, cielos —exclamó Jack, mirando a su alrededor. ¡Había muchísima gente vestida de gran dama!—. ¿Cómo sabremos a quién visitar?

—Tal vez ya es hora de usar una de las rimas de Teddy y Kathleen —dijo Annie.

—No, no debemos abusar de ellas —agregó Jack.

—Entonces, por ahora, saltémonos la visita a la Gran Dama de la Laguna —sugirió Annie—. ¿Cuál es el *siguiente* paso que nos pide Merlín?

Jack agarró las instrucciones y leyó en voz alta:
*Para saber qué camino hay que tomar,
a un pintor llamado Tiepolo deberán hallar.*

—Bien, esto está muy claro —dijo Jack—. Veamos si Tiepolo está en el libro.

En medio del bullicio reinante, Jack agarró el libro y, junto al farol, consultó el índice.

—¡Aquí está! —dijo. Buscó la página y se puso a leer:

Tiepolo fue uno de los grandes pintores venecianos del siglo XVIII, que realizó luminosas y bellas pinturas al óleo, para villas y palacios.

—Si el hombre es tan famoso, la gente debe de saber dónde vive —dijo Annie—. ¡Disculpe! —le gritó a un payaso que pasaba—, ¿sabe dónde vive el pintor Tiepolo?

—Cerca de la iglesia de San Felice —respondió el payaso.

—¡Gracias! —dijo Annie.

—Pero no lo encontrarán en su casa —agregó el payaso—. Está pintando en Milán.

—¿Dónde es eso? —gritó Jack.

—Más o menos a un día a caballo —contestó el payaso. Y desapareció entre la gente.

—Mm… —exclamó Annie—. ¿Crees que Merlín quiere que vayamos a Milán?

—No tenemos tiempo —respondió Jack—. También tendremos que saltarnos a Tiepolo.

—Sí —agregó Annie—. Sería mejor saltarnos

todo esto y buscar al Gobernador de los Mares por nuestra cuenta. Según esta carta, él es el único que puede ayudarnos a salvar a la Gran Dama.

—No sé… —dijo Jack—. En la carta, Merlín también nos pide que tengamos paciencia.

Pero Annie ya había llamado a un pirata que pasaba por allí.

—Señor, ¿sabe dónde podemos encontrar al Gobernador de los Mares? —preguntó.

—¿Qué…? —gritó el pirata.

—¡El Gobernador…! ¿Sabe dónde vive? —gritó Annie.

—¡En el palacio de la plaza San Marcos! —contestó el pirata en voz alta.

—¿Dónde queda? —gritó Annie. Pero el pirata ya se había perdido en la multitud.

—Buscaré en el libro —dijo Jack. Mirando entre las páginas, encontró un mapa de Venecia—. ¡Oh, excelente! —agregó. Él adoraba los mapas.

—Veamos… —dijo—. Ahora estamos aquí. —Y señaló un sendero, al costado del canal. —Y tenemos que ir a la plaza San Marcos —agregó, señalando otro punto del mapa—. Es muy cerca.

—Sí, parece que todos también van para allá —comentó Annie—. ¡Vamos!

—Entonces, si vamos por aquí... —explicó Jack, trazando el camino con el dedo.

—¡Apúrate, Jack! —gritó Annie.

Jack apartó la mirada del mapa. Su hermana ya se había unido a la muchedumbre. Jack cerró el libro y corrió hacia Annie. Muy pronto, todos llegaron a una enorme e imponente plaza.

—¡Uau! —exclamó Jack, sin aliento. La plaza San Marcos estaba iluminada por cientos de velas. Había músicos, acróbatas caminando sobre una cuerda floja, boxeadores peleando sobre un ring, caballeros con espadas y payasos que caminaban sobre zancos, que hacían carreras de carretillas y atrapaban anguilas con la boca ante el asombro de todos. Alrededor de la plaza se veían edificios iluminados con velas.

—Venecia es bonita —dijo Annie.

—Sí —agregó Jack. Y volvió al libro.

Cuando encontró una ilustración de la plaza

San Marcos, leyó las descripciones de las construcciones:

**La torre vigía de la plaza San Marcos es el
edificio más alto de Venecia. En el pasado, la veleta que está sobre ella, ayudaba
a los marineros a saber en qué dirección
soplaba el viento.**

—Casi no puedo ver la veleta desde acá —dijo
Jack—, pero creo que apunta hacia el norte, así
que el viento debe de venir del sur.

—¿Dónde queda el palacio del gobernador?
—preguntó Annie.

Jack leyó una vez más:

**La torre del reloj es una de las más boni-
tas del mundo. En la parte superior, suena
una campana cada hora...**

—¡Jack, sáltate eso! ¡Busca el palacio del
gobernador, por favor! —interrumpió Annie.

—Está bien —respondió Jack. Y empezó a leer
acerca del palacio:

El palacio de la autoridad suprema de Venecia es una de las construcciones más espléndidas de todos los tiempos. En el gran salón, cerca de 2.000 nobles se reunían para discutir los asuntos de la ciudad. Por encima de la puerta principal hay una escultura de San Marcos mostrándole un libro a un león alado.

—¡Ahí está la puerta del palacio! —dijo Annie.

Jack apartó la vista del mapa. Su hermana se dirigía hacia una inmensa puerta que, en la parte de arriba, tenía la figura de un hombre y un león alado. Jack cerró el libro y corrió para alcanzar a Annie.

En la puerta del palacio, había un guardia con un rifle.

—Espera —susurró Jack—. ¿Es un guardia de verdad o está disfrazado?

—Lo averiguaré —contestó Annie acercándose al hombre—. Disculpe, señor, ¿está el gobernador de Venecia en el palacio?

—¡Vete, payaso! —respondió el guardia bruscamente.

—Pero es importante —agregó Annie—. Necesitamos hablar con él.

—¡Dije que te marcharas! —vociferó el guardia—. ¡Estoy cansado de los payasos que solo me hacen perder el tiempo!

—Ella no es un payaso verdadero —dijo Jack acercándose a Annie—. Estamos en una misión. Nosotros...

—¡Váyanse! ¡Los dos! ¡O si no...! —rugió el guardia alzando el rifle. *"Es evidente que no está disfrazado"*, pensó Jack.

—Está bien, disculpe —dijo Jack. Él y Annie se alejaron de la entrada del palacio.

—Qué hombre tan gruñón —agregó Annie.

—Jamás nos dejará entrar —comentó Jack.

—Tal vez ya es hora de usar una de las rimas —sugirió Annie—. Quizá tengamos que convertirnos en patos. Al guardia no le importaría que un par de patos...

—No —dijo Jack—. No podemos desperdiciar las rimas.

—Bueno, ¿y cómo haremos para entrar? —preguntó Annie.

—Paciencia —respondió Jack—. ¿Lo recuerdas?

Antes de que él terminara de hablar, Annie lo interrumpió.

—¡Eh, mira, Jack!

Dos payasos en zancos bailaban alrededor del guardia. Uno le quitó el rifle y se lo dio al otro payaso.

—¡Eh! —gritó el guardia—. ¡Devuélveme mi rifle!

—¡Es nuestra oportunidad! —dijo Annie—. ¡Rápido! —Corrió hacia la entrada y atravesó la puerta rápidamente.

—¡Oh, no! ¡Oh, cielos! —exclamó Jack. Mientras el guardia perseguía a los dos payasos, Jack salió a toda carrera hacia la entrada del palacio. En un segundo, atravesó la puerta.

CAPÍTULO CUATRO

¡Ratas!

Jack halló a Annie parada, en un patio solitario y tranquilo, alumbrado por un farol.

—En Venecia, todos están en el Carnaval —comentó Jack—. Esperemos que el gobernador esté en su casa.

—Sí, le preguntaremos por la Gran Dama de la Laguna —agregó Annie—. Y le diremos que debe ayudarnos a salvarla de un tremendo desastre.

Jack observó el mapa del palacio. En varias habitaciones se veía el mismo letrero: *Aposentos del Gobernador.*

—Creo que él vive aquí —dijo Jack—. Tenemos que subir por las Escaleras de los Gigantes para llegar hasta allá.

—¿Las Escaleras de los Gigantes? —preguntó Annie.

—Sí —contestó Jack—. Escucha esto...

A estas escaleras se las conoce como las Escaleras de los Gigantes porque están custodiadas por dos inmensas estatuas de la mitología romana: Marte, dios de la guerra, y Neptuno, dios del mar.

—Genial —dijo Annie—. ¡Vamos, Jack!

Caminaron rápidamente por el corredor contiguo al patio hasta una ancha escalera, custodiada por dos enormes estatuas de mármol.

—Marte y Neptuno —dijo Jack—. Es por aquí. Vamos, Annie.

A toda prisa, subieron por las Escaleras de los Gigantes. Jack volvió a consultar el mapa.

—Ahora hay que doblar a la derecha e ir hacia la Escalera de Oro —agregó.

Atentos a los guardias, Annie y Jack atravesaron un salón. Debajo de un techo dorado, encontraron una elegante escalera.

—¡Ahí está! ¡Vamos, Annie! —Ambos subieron a toda prisa por la Escalera de Oro. Pero, al final de las escaleras, se quedaron inmóviles. Contra la pared, había otro guardia. Tenía los ojos cerrados y roncaba suavemente.

Jack le hizo una seña a Annie y ambos pasaron de puntillas hacia los aposentos del gobernador. Jack echó una mirada al mapa.

—Es aquí —susurró.

La puerta estaba abierta.

—¿Hola? —llamó Annie, con voz baja.

Nadie contestó. Ambos atravesaron la entrada.

Allí, la chimenea estaba encendida. Decenas de velas iluminaban el ambiente, proyectando sombras danzantes sobre el piso de mármol y el dorado techo, esculpido.

—Creo que el gobernador no está aquí —comentó Annie—. Deberíamos irnos.

Jack agarró el libro.

—La habitación siguiente es la Sala de Mapas
—explicó—. Echemos un vistazo.

—Está bien, pero es mejor que nos apuremos
—agregó Annie.

En la sala, varios mapas coloridos colgaban
de las paredes. Y en el centro, había dos enormes
globos terráqueos sobre el piso.

—Me *encanta* este lugar —dijo Jack, suspirando.

—Mira eso… —agregó Annie, señalando tres
pinturas de leones alados, colgando de la pared—.
¿Por qué hay tantos leones con alas por todos
lados?

Jack buscó *leones alados* en su libro. Encontró
la página y se puso a leer:

**El león alado es el símbolo de Venecia.
Representado en pinturas y esculturas
por toda la ciudad, este animal simboliza
la fuerza, en la tierra y en el mar.**

Mientras Annie y Jack observaban las pinturas
de los leones, oyeron pasos. De repente, los guardias entraron en la habitación.

—¡Hola! Estamos buscando a... —dijo Annie.

—¡Ahí están! ¡Son los ladrones! —le gritó el guardia dormilón al guardia gruñón—. ¡Te *dije* que había oído voces!

—No somos ladrones —contestó Annie—. Solo estamos buscando a su gobernador.

—Ella dice la verdad —explicó Jack—. Tenemos que pedirle ayuda.

—¿No quieren reconocer su delito, eh? —agregó el guardia gruñón—. ¡Los peores calabozos los dejamos para delincuentes como ustedes! ¡Muévanse!

—Pero nosotros... —quiso explicar Annie.

—¡Andando! —gritó el guardia gruñón.

Jack sabía que discutir era inútil. Agarró a su hermana de la mano y salieron del aposento del gobernador.

—¡Vamos, hasta el final del salón! Y bajen por la escalera —vociferó el guardia apuntándoles.

Annie y Jack bajaron rápidamente por unos escalones angostos y empinados con los guardias a sus espaldas.

—¡Suban al Puente de los Suspiros! —gritó el guardia gruñón—. Y no se olviden de suspirar, ¡no regresarán a este lugar en mucho tiempo!

Jack agarró a Annie de la mano con fuerza mientras cruzaban por el puente cubierto, hacia otro edificio. Adentro, bajaron por un corredor alumbrado por faroles y lleno de charcos de agua. De tanto chapotear, Jack tenía los zapatos empapados.

—¡Alto! —gritó el guardia gruñón.

Annie y Jack se detuvieron frente a una pesada puerta de madera. El guardia gruñón la abrió y empujó a los detenidos dentro de un calabozo oscuro y húmedo.

Jack oyó el sonido del pesado cerrojo de metal. Luego, oyó a los guardias que se alejaban chapoteando por el pasillo, mientras seguían discutiendo.

La prisión parecía siniestra. Era difícil respirar el aire viciado del calabozo y tampoco se podía ver nada. Del pasillo venía una luz débil que se reflejaba sobre los barrotes de la ventana. Debajo de esta, había un banco de madera.

—¿Y ahora qué hacemos? —preguntó Annie en voz baja.

Jack no sabía qué decir. Estaba aturdido. Unos minutos antes habían estado en el colorido Carnaval. Y ahora se encontraban en un calabozo repugnante.

—Voy... voy a ver qué encuentro en el libro —dijo.

Jack se acercó tembloroso a la luz tenue de la ventana y buscó la palabra *prisión* en el índice. Luego, se puso a leer:

Los calabozos de la prisión, ubicados en la planta baja del palacio, se conocían con el nombre de pozzi, que en italiano, significa "pozos" u "hoyos". Eran fríos y húmedos, no tenían aire y estaban atestados de ratas. Incluso, hasta los gobernantes decidieron que los calabozos eran sitios demasiado crueles.

Jack oyó un chillido en un rincón oscuro. Apartó la vista del libro y, de pronto, oyó el chillido otra vez. El pelo de la nuca se le erizó. *"¿Será una rata?"*, pensó.

—¿Era una rata? —preguntó Annie.

El chillido se oyó otra vez. Luego se oyó otro más en otro rincón. De repente, Jack oyó un crujido en las paredes y más chillidos.

—Oh, cielos —exclamó. *Había ratas por todas partes.*

—Creo que es hora de hacer magia —comentó Annie.

—Sí, tienes razón —agregó Jack, vigilando los rincones oscuros, mientras Annie sacaba el libro de Teddy y Kathleen de la mochila.

En el índice, Annie leyó: *"Darle vida a una piedra. Ablandar el metal. Convertirse en patos".*

Annie se quedó pensando.

—¿Las ratas les tienen miedo a los patos? —preguntó.

—¡Olvídate de los patos! —dijo Jack—. Vuelve a *Ablandar el metal...* ¡Eso es lo que tenemos que hacer! Tú lee la rima, yo trataré de separar los barrotes.

—Bueno, está bien —dijo Annie.

Jack se subió al banco de madera que estaba debajo de la ventana. Los chillidos se hicieron más intensos.

Luego, se estiró y alcanzó a tocar los barrotes de hierro. Estaban helados. No podía ni pensar en doblarlos.

Los chillidos iban en aumento. Jack agarró dos barrotes y respiró hondo.

—¡Lee la rima! —dijo.

Annie leyó en voz alta:

¡Hierro o cobre, metal o acero,
que te ablandes es lo que quiero!

En cuanto Annie terminó la rima, los barrotes comenzaron a brillar. Y, entre los dedos de Jack, se tornaron tibios.

—¡Creo que funcionó! —gritó.

Luego, Jack agarró los barrotes firmemente y empujó con fuerza. Muy despacio, las brillantes barras empezaron a estirarse y doblarse. Jack siguió empujando hasta lograr una abertura que les permitiera pasar.

—Lo logramos —gritó.

—¡Fantástico! ¡Vamos, rápido! ¡Esto está lleno de ratas! —gritó Annie y, de un salto, se subió al banco.

Jack oyó un coro de chillidos. Miró hacia abajo y, entre las sombras, vio a decenas de ratas olfateando el aire debajo de la ventana.

—¡Rápido! ¡Vamos! —le gritó Jack a su hermana.

Annie se deslizó entre los barrotes y cayó al pasillo. Jack hizo lo mismo, y se paró de un salto sobre el piso mojado.

—¡Apúrate! —volvió a gritar.

Corrieron por el pasillo inundado hasta que casi se topan con los dos guardias.

—¡Eh! —gritó el guardia gruñón, persiguiendo a Jack. El otro guardia empezó a correr detrás de Annie.

Los chicos lograron esquivar a sus perseguidores, que chocaron entre sí y cayeron al piso.

Annie y Jack se dirigieron a toda velocidad al Puente de los Suspiros, atravesaron el pasillo y subieron los empinados escalones de piedra.

—¡Por acá! —gritó Jack. Veloces, atravesaron el salón, camino a la Escalera de Oro.

—¡Eh! ¡Eh! —gritaron los guardias, pero estaban muy lejos.

Annie y Jack bajaron por la Escalera de Oro a toda carrera, corrieron por el salón, pasaron junto a las estatuas de Marte y Neptuno y atravesaron el largo corredor. Finalmente, salieron del palacio y escaparon hacia la plaza San Marcos.

CAPÍTULO CINCO

Lorenzo

Annie y Jack atravesaron la plaza esquivando a bailarines, adivinos y acróbatas y se detuvieron en el espectáculo de marionetas, para esconderse entre la gente.

Mientras Jack trataba de recuperar el aliento, contempló los disfraces de animales, piratas y payasos y se alegró de que él y Annie también llevaran puestos esos trajes ridículos. Cuando él y su hermana se miraron, se rieron con nerviosismo.

—Creo que hicimos mal en saltarnos algunas partes —dijo Jack.

—Sí, es verdad —dijo Annie—. Fuimos impacientes. Volvamos al pintor Tiepolo.

—¿Y si vamos a su casa? —sugirió Jack—. Quizá el payaso se equivocó.

—Espero que sí —dijo Annie.

—Según él, Tiepolo vive cerca de la iglesia de San Felice —comentó Jack, sacando el mapa—. A ver, ahora, estamos en la plaza San Marcos y tenemos que llegar acá —dijo Jack, trazando el camino

con el dedo—. Ya lo tengo, vamos. Estemos atentos a los guardias pues tal vez estén buscándonos.

Jack guardó el libro en la mochila. Annie agarró la mano de su hermano y se escabulleron entre la multitud del Carnaval, hasta que llegaron a un callejón retirado de la plaza.

Mientras avanzaban por otro callejón sombrío, el viento empezó a soplar con más fuerza. Luego, pasaron por varias tiendas, cafeterías y casas, api-

ñadas una al lado de la otra. A medida que se alejaban de la plaza San Marcos, en las calles se veía menos gente.

Más adelante, llegaron a un pequeño puente peatonal que cruzaba por encima de un canal. Cuando atravesaron el puente a toda prisa, Jack miró las aceras inundadas.

—¿Qué sucede con el agua? —preguntó.

—Preguntémosle a *ella* —sugirió Annie, señalando a una mujer joven que estaba cerrando una cafetería. Llevaba puesta una máscara azul, un vestido de encaje violeta y zapatos altos de color negro casi cubiertos por el agua.

—Disculpa —dijo Annie—, ¿sabes por qué hay tanta agua en las calles?

—Oh, ha llovido mucho en las montañas —explicó la mujer—. El agua siempre termina cayendo en la laguna y por eso hay inundación.

—¿Eso es peligroso? —preguntó Jack.

—Oh, no —contestó la mujer, sonriendo—. En Venecia, es común que el agua suba. No se preocupen. Vayan a ver los fuegos artificiales a la ribera, cerca de la plaza San Marcos. Todo el mundo va a estar ahí.

—¡Muchas gracias! —dijo Annie.

La mujer se despidió y siguió su camino.

—Creo que ya no debemos preocuparnos por el agua —dijo Annie.

—Tienes razón —contestó Jack. Pero al ver una mata de algas marinas bajando por el callejón, volvió a preocuparse.

Mientras Annie y Jack caminaban hacia la iglesia de San Felice, se oyó el sonido de una campana. Jack contó *once* campanadas. Luego, otra campana empezó a sonar. Jack contó *diez* campanadas.

—¿Para ti qué hora es? —le preguntó a su hermana—. No entiendo.

—Paciencia, ¿lo recuerdas? —respondió Annie—. Una cosa a la vez. Ahora tenemos que buscar la casa de Tiepolo.

Pronto llegaron a la pequeña iglesia de San Felice. La plaza pegada a la iglesia estaba vacía, solo había un anciano paseando a un perro gordo y pequeño.

—Buenas noches pequeños payasos —dijo el hombre con una sonrisa amistosa—. ¿Por qué no han ido a la ribera? Yo iría, pero a mi Rosa la asustan los fuegos —agregó mirando sonriente a su perra regordeta.

—Eh…, estamos buscando la casa de un pintor llamado Tiepolo —dijo Jack.

—¡Oh, es mi vecino! —respondió el anciano—. Vive allá… —Y señaló una casa oscura, apartada de la plaza. —Pero no lo encontrarán allí.

—Lo sé, oímos que está lejos —dijo Jack—. ¿Volverá pronto?

—Creo que no —contestó el hombre—. Tiepolo les dijo a todos que se iba por varios meses. Pero, vayan a ver los fuegos. Todo el mundo estará allí. Son magníficos en la última noche de Carnaval.

—Muchas gracias —dijo Jack.

El anciano se despidió y mientras se alejaba con Rosa, la campana de la iglesia sonó once veces.

—Disculpe, señor —dijo Jack en voz alta—, aquí todos los relojes marcan una hora diferente. ¿Cuál es la correcta?

—¡Ninguna! —respondió el anciano—. Esta es una de las maravillas de Venecia. ¡Es una ciudad sin tiempo! —El hombre se rió y entró con Rosa en una pequeña casa amarilla.

Jack se sentó en un banco de la plaza y se agarró la cabeza con las dos manos. Annie se sentó a su lado.

—Creo que *tenemos* que saltarnos a Tiepolo —dijo ella—. ¿Cuál es la siguiente cosa que nos pide Merlín?

Jack suspiró. Sacó la carta del mago y leyó las dos líneas siguientes:

A la medianoche, dos hombres, darán la hora.
Trepen a la cima de la torre sin demora.

—Excelente —exclamó Jack—. ¿Cómo sabremos si es medianoche? El hombre dijo que ningún reloj da la hora correcta porque Venecia es una ciudad sin tiempo.

—Según Merlín, dos hombres nos darán la hora exacta —comentó Annie—. Son los dueños de una torre a la que debemos subir.

—Correcto —dijo Jack—. Pero eso tampoco tiene sentido. ¿Quiénes son ellos? ¿Cómo los
encontraremos? Tendremos que saltarnos esta
parte también. ¡Pero, así vamos a saltarnos la
misión entera! Está por sucederle un desastre a
una Gran Dama de la Laguna, y no sabemos quién
es ella ni cuál será el desastre. No sabemos dónde
buscar al Gobernador de los Mares, ni cómo
encontrar a Tiepolo, el pintor... ¡Ni siquiera sabemos la hora exacta! ¡Hemos fallado por completo
en la prueba de Merlín!

—Cálmate, solo necesitamos paciencia
—comentó Annie—. Pronto, todo tendrá sentido.

—¿*Pronto?* —preguntó Jack. Tenía frío, estaba mojado y se sentía pésimo.

—Sí, *muy* pronto... —contestó Annie—. Mira,
creo que hay una luz en la casa de Tiepolo. —Annie
se puso de pie. —¡Sí, adentro hay luz! —agregó.

Corrió hacia la pequeña casa retirada de la
plaza y espió por la ventana.

—¡Jack, ven aquí! —gritó.

Jack corrió hacia su hermana.

—Hay alguien pintando —comentó él. A través de la ventana Jack vio una vela encendida, varios lienzos y potes de pintura. También vio a un niño parado junto a un caballete, que estaba pintando sobre un lienzo inmenso.

—Es muy pequeño —dijo Jack decepcionado—. No puede ser Tiepolo.

—¿Y qué? Tal vez él pueda ayudarnos —dijo Annie y golpeó el vidrio.

El niño alzó la vista, agarró la vela y abrió la ventana. El pequeño tenía pelo castaño rojizo y ojos grandes.

—¡Hola! ¿Buscan a alguien? —preguntó.

—Yo soy Annie y él es Jack, mi hermano. Estamos de visita en Venecia en busca de un pintor llamado Tiepolo.

—La búsqueda ha terminado. Mi nombre es Lorenzo Tiepolo —comentó el niño con total formalidad.

—¿También eres pintor? —preguntó Annie.

—Sí, como pueden ver, estoy pintando. Ayudo a mi padre y a mi hermano mayor con sus pinturas —explicó Lorenzo—. Y cuando ellos se van, pinto las mías, aunque me pierda la última noche de Carnaval. ¿Pero por qué no han ido ustedes?

—Estamos en una misión —respondió Annie—. Acabamos de escapar de la prisión del palacio. Nos atraparon cuando buscábamos al Gobernador de los Mares.

—¿El Gobernador de los Mares? —preguntó Lorenzo—. ¿Por qué fueron a buscarlo al palacio? ¡Él está *aquí!*

—¿Qué? —preguntó Jack—. ¿El Gobernador de los Mares está aquí?

Sonriendo, Lorenzo se dirigió a un lienzo enorme. Al acercar la vela a la pintura, se vio a una mujer hermosa con la mano sobre la cabeza de un león dorado. Un hombre con el pecho desnudo, el rostro arrugado, el cabello largo y oscuro y la barba blanca, le daba monedas a la mujer. Detrás del hombre había una lanza de tres puntas.

—Mi padre ha estado trabajando en esta pintura —comentó Lorenzo, señalando al hombre de la barba—. Este es Neptuno.

—¿Neptuno? —preguntó Jack—. Es uno de los dioses de la mitología romana, ¿no?

—Sí, el Gobernador de los Mares —respondió Lorenzo.

—Ah…, pensamos que se trataba del Gobernador de Venecia —agregó Annie—. Y que vivía en el palacio de la plaza San Marcos.

—Oh, no, no, allí vive el gobernador de la ciudad —explicó Lorenzo riéndose—. El verdadero gobernador de todos los mares es Neptuno.

—¿Dónde vive Neptuno, Lorenzo? —preguntó Annie.

—Debajo del agua, en un hermoso palacio hecho de coral y piedras preciosas. Pero solo unos pocos pueden ver a Neptuno —explicó Lorenzo.

—¿Quiénes? —preguntó Annie.

—La gente con imaginación como mi padre, mi hermano y yo. Nosotros hemos oído rugir las olas en presencia de Neptuno. Y hemos visto brillar sobre las aguas, a la luz de la luna, su lanza de pescar.

—¡Eso es maravilloso! —dijo Annie.

—¡Sí, es fantástico! —agregó Jack educadamente—. Ustedes sí que tienen mucha imaginación. ¡Gracias, Lorenzo! Annie, voy a investigar un poco.

Jack regresó al banco de la plaza y agarró el libro. Estaba totalmente desalentado. Neptuno no era un ser real. *Otra vez,* estaban en un callejón sin salida.

—Lorenzo, una pregunta más —dijo Annie aún parada junto a la ventana—. ¿Por qué Neptuno le da un regalo a la dama?

—Está ofreciéndole las riquezas del mar a Venecia —respondió Lorenzo.

—¿Entonces, la dama de la pintura es la ciudad de Venecia? —preguntó Annie.

—Sí —contestó Lorenzo—. Así es como mi padre ve a Venecia: la Gran Dama de la Laguna.

A Jack se le puso la piel de gallina.

—¡Gracias, Lorenzo! —dijo Annie—. ¡Nos ayudaste mucho!

—De nada, Annie. ¡Buenas noches! —contestó Lorenzo. Y cerró la ventana.

—¡Jack! ¡Jack! —gritó Annie, corriendo hacia su hermano—. ¡La Gran Dama de la Laguna es Venecia!

—¡Ya lo sé! ¡Ya escuché! —dijo Jack.

—Ahora entiendo el significado de nuestra misión —agregó Annie—. Tenemos que salvar a *Venecia* de un tremendo desastre. ¡Debemos salvar *toda Venecia!*

CAPÍTULO SEIS

Desastre

—¿Tenemos que salvar toda Venecia? ¡Qué responsabilidad! —dijo Jack—. ¿Y de *qué* tenemos que salvarla?

—Bueno, si Neptuno va a ayudarnos, seguro que el asunto tendrá que ver con el agua —comentó Annie.

—Claro, ¿recuerdas los callejones inundados? —preguntó Jack.

—La mujer de la cafetería dijo que no nos preocupáramos por eso —agregó Annie.

—Yo sigo preocupado. Veamos qué dice nuestro libro de Venecia acerca de las *inundaciones* —sugirió Jack. Cuando encontró lo que buscaba, se puso a leer:

En Venecia, la marea alta casi nunca es motivo de preocupación. Sin embargo, existen varios factores que, al darse todos juntos, son capaces de provocar una inundación desastrosa.

—¡Una inundación desastrosa! ¡Eso mismo es! —dijo Annie—. Pero, ¿qué factores?

—Acá hay una lista —respondió Jack, y empezó a leer:

Marea alta
Vientos fuertes del sur
Intensa caída de agua desde las montañas
Fuertes tormentas marinas

—Esta noche hay marea alta; lo dijo el pasajero de la góndola —comentó Annie.

—Sí, y hay viento del sur; la veleta indicó eso —agregó Jack.

—Y el agua está bajando de las montañas; lo dijo la mujer de la cafetería —comentó Annie.

—Y además hay tormentas fuertes en el mar. Mientras íbamos en la góndola, vi relámpagos —dijo Jack.

—Están todos los factores —comentó Annie.

Jack y su hermana miraron a su alrededor. La pequeña plaza empezaba a inundarse lentamente con el agua de los callejones. Annie y Jack ya no se veían los zapatos.

—Ahora comprendo —dijo Jack exaltado—. El agua irá subiendo más y más, hasta cubrir toda la ciudad. ¡Y nadie lo ha notado!

—Neptuno es el único que puede ayudarnos —dijo Annie.

—Pero él no es real —agregó Jack—. Es un personaje de la mitología. No existe…

—Bueno, está bien —repuso Annie—. Vayamos paso a paso. A la medianoche, dos hombres nos darán la hora y, después, tendremos que subir a su torre, ¿no es así?

—Sí —contestó Jack.

—Entonces, ahora tenemos que buscar a esos hombres —propuso Annie.

—Hay que volver a la ribera —comentó Jack, guardando el libro—. El anciano dijo que todos irían para ver los fuegos.

Annie y Jack volvieron a pasar por el puente peatonal y los callejones. En los angostos callejones, flotaban decenas y decenas de algas marinas. *"Sin duda, el agua está viniendo del mar"*, pensó Jack.

En la plaza San Marcos, Annie y Jack se unieron a la muchedumbre que iba a la ribera. Todo el mundo reía y conversaba mirando el cielo, a la espera de los fuegos artificiales. Nadie prestaba atención al viento húmedo, ni a la corriente marina que trepaba por la acera del canal, empapándoles los zapatos a todos.

—Perdón, ¿alguien puede decirnos qué hora es? —preguntó Annie.

Nadie respondió. Justo en ese instante, explotó el primer fuego de la noche. La multitud celebró con euforia la lluvia azul y roja que iluminó el cielo.

A lo lejos, se oyó que daban la hora. Jack contó las campanadas.

—¡Las doce! —dijo—. Según ese reloj, es medianoche.

Por encima de la ribera explotaron más fuegos y, nuevamente, se oyeron campanadas. Pero Jack solo contó once.

—¡Esto es muy raro! —susurró agarrándose la cabeza—. ¿Alguien puede decirnos la hora exacta? —preguntó, mirando a la gente—. ¿Ya es medianoche? ¡Por favor!

Nadie respondió una sola palabra. Todos estaban atentos al espectáculo de color.

La campana volvió a oírse, con más fuerza que las dos veces anteriores.

¡GONG!

—¡Esto es inútil! —exclamó Jack.

¡GONG!

—Nunca sabremos la hora exacta —dijo.

¡GONG!

—Jack, mira hacia allá arriba —dijo Annie.

¡GONG!

—Jamás encontraremos a los dos hombres
y su torre —agregó Jack.

¡GONG!

—¡Jack, mira! —insistió Annie.

¡GONG!

—Toda Venecia está por quedar bajo el agua —dijo Jack.

¡GONG!

—¡Y lo único importante son los fuegos artificiales! —se quejó Jack.

¡GONG!

—¡Mira, Jack! —gritó Annie, señalando la torre del reloj de la plaza San Marcos.

¡GONG!

Jack vio una campana enorme en lo alto de una torre. A cada lado, una estatua de bronce golpeaba la campana con una porra.

¡GONG!

Las estatuas eran *dos hombres*.

¡GONG!

—*A la medianoche, dos hombres darán la hora* —dijo Annie.

¡GONG!

Los dos hombres golpearon la campana por duodécima vez y se detuvieron.

—¡Vamos, Annie! —gritó Jack—. ¡Tenemos que subir a la torre!

Mientras ambos se abrían paso entre la gente, más fuegos artificiales explotaron sobre el canal. Annie y Jack atravesaron la plaza San Marcos, rumbo a la torre. Pasando la entrada abovedada, el aire se sentía rancio y húmedo.

—¡Por ahí! —gritó Jack. Corrió hacia una oscura escalera caracol y empezó a subir. Annie lo seguía un poco más abajo.

En lo alto de la torre, casi sin aire, Jack empujó la pesada puerta de la terraza del campanario. A cada lado de la campana, había una estatua de bronce.

Cuando Annie y Jack avanzaron, el viento les voló los sombreros. El aire estaba lleno de silbidos y los chasquidos de los fuegos artificiales. Todos seguían aplaudiendo y festejando.

—Según Merlín, ¿ahora qué debemos hacer para dar con Neptuno? —gritó Annie.

Jack sujetó con fuerza la carta de Merlín. El viento casi no lo dejaba leer:

El Rey de la Selva hacia allá los llevará,
no por la tierra sino por el aire se elevará.

—El Rey de la Selva es un león —comentó Annie—. ¡Parece que tendremos que buscar un león volador!

—¡Correcto! Pero, ¿dónde? —preguntó Jack.

—¿Qué opinas de *ese?* —dijo Annie, señalando por encima del barandal de la terraza.

Jack miró hacia abajo. Sobre la ancha cornisa había un león de piedra que tenía talladas dos poderosas alas sobre el lomo.

—Pero solo es una estatua —gimoteó Jack—. ¿Cómo nos llevará?

Annie sonrió.

—Creo que es hora de hacer otro poco de magia —dijo.

CAPÍTULO SIETE

El Rey y el Gobernador

—Oh sí, por supuesto —susurró Jack. ¡Se había olvidado por completo del libro de rimas de Teddy y Kathleen!

Sacó el libro de la mochila y los dos revisaron el índice.

—*Darle vida a una piedra. Ablandar el metal. Convertirse en patos. Volar por el aire...* ¡Es esto! —confirmó Annie.

—No —dijo Jack—. Vuelve a... *Darle vida a una piedra.*

—¿Para qué? —preguntó Annie.

—Se supone que el león va a llevarnos —explicó Jack—. Tiene alas, pero es de piedra. Así que lo que hay que hacer es darle vida.

—¡Ah, claro! —exclamó Annie.

—¿Pero después? —preguntó Jack—. ¿Adónde iremos?

—Merlín dijo que un ángel de oro nos mostraría el camino, ¿lo recuerdas? —dijo Annie.

—¿Ángel de oro? —preguntó Jack—. ¿Dónde lo encontraremos? ¿Y cómo encontraremos a Neptuno? ¿Cómo nos ayudará a salvar a Venecia?

—*Paciencia* —contestó Annie—. Si necesitamos más magia, usaremos el libro.

—Bueno, pero apurémonos —sugirió Jack, abriendo el libro de Teddy y Kathleen para ver la segunda rima. Respiró profundo y miró al león, en la cornisa. Luego, empezó a leer en voz alta y clara:

¡Piedra solitaria, piedra sin vida,
al oír mi conjuro, por favor, respira!

En el pecho del león, se oyó un crujido. Mientras Annie y Jack miraban la estatua, la melena de piedra del animal, se convirtió en una mata de pelo enmarañada. El duro lomo se tornó suave y dorado. Las alas de piedra se convirtieron en plumas largas y brillantes.

—¡Uau! —exclamó Annie.

Jack no podía hablar. Ante sus ojos, la estatua se había transformado en un león vivo. El animal sacudió la melena. Bostezó, y se le vieron los dientes gigantes y filosos y la lengua larga y rosada. Movió las orejas y sacudió la cola de un lado al otro.

El león se agachó y, como un gato, saltó de la cornisa. Desplegó las alas y, en una fuerte corriente de viento, comenzó a volar majestuosamente en círculos sobre la plaza.

—¡Acá! ¡Acá! —lo llamó Annie.

El león alado giró y voló hacia la torre. Silenciosamente, planeó por encima de la terraza. Aterrizó a unos pocos metros de Annie y Jack y clavó sus ojos dorados sobre ellos.

—Tú tienes que ayudarnos a salvar a Venecia. ¡Va a haber una inundación desastrosa! —suplicó Jack.

—¿Puedes llevarnos a ver a Neptuno por favor? —preguntó Annie.

El león se acercó y miró a los niños detenidamente. Inclinó la cabeza y dejó escapar un largo rugido, como queriendo contestar.

—Déjanos subir a tu espalda —dijo Jack.

—Esperamos no hacerte daño —agregó Annie.

El león volvió a lanzar un rugido, no con enojo, sino como pidiéndoles a Annie y a Jack que se dieran prisa. Luego, se agachó para que ellos se subieran.

—Yo subiré primero —le dijo Jack a su hermana—. Me agarraré de la melena y tú te agarrarás de mí. —Se quitó la mochila y la dejó caer en la terraza.

—¿Dónde tienes el libro de las rimas? —preguntó Annie.

—Lo tengo acá —contestó Jack. Con el libro debajo del brazo, trepó al lomo del león.

Annie subió sobre el animal y se agarró con fuerza de la cintura de su hermano. Jack se aferró a la mullida melena y se sorprendió ante su suavidad.

—Muy bien, estamos listos —dijo.

Con un ligero temblor, el león se levantó despacio. Tomó impulso y, de un salto, se alejó de la terraza.

—¡Ay! —gritó Jack. El libro se le había caído sobre la plaza inundada. —¡Ay, no! ¡Nuestro libro! —vociferó.

—¡Agárrate! —gritó Annie.

El león batió las grandes alas y atravesó el cielo. Jack apretó las rodillas contra el lomo del animal y se agarró de la suave melena.

El león voló hacia los fuegos artificiales. Una lluvia de chispas rojas cayó formando un frondoso paraguas de luces que caían como lluvia sobre el canal. El estruendo y los silbidos se adueñaron de la noche.

—¡Socorro! ¡Nos dirigimos justo hacia los fuegos! —gritó Annie.

El león bajó en picado y se alejó del área peligrosa. Lejos, la lluvia de chispas rojas se tornó azul y verde.

—¿Adónde vamos? —gritó Annie.

Cuando el león voló de regreso a la plaza, Jack vio la veleta dorada, sobre la torre vigía. *Tenía forma de ángel.*

—¡El ángel de oro! —vociferó Jack.

La veleta dorada ya no señalaba al norte con el viento. El ángel giraba y giraba sin parar señalando en todas la direcciones.

—¡Acércate al ángel dorado! —gritó Annie.

El león giró y voló hacia la torre vigía.

—¿Hacia dónde tenemos que ir? —vociferó Jack.

La veleta dio otro giro y, de repente, se detuvo. Por encima de las aguas turbulentas, el ángel señaló hacia el sudeste.

—¡Hacia el mar! —gritó Annie.

El león dio un giro y se elevó en el viento. Sus alas poderosas brillaban como el oro.

—¡Oh, uau! —exclamó Annie.

Planeando entre los fuegos artificiales y sobre el ancho canal, el animal alado se alejó de Venecia y voló alto, por encima de los mares tormentosos.

Jack se agarró de la espesa melena, con todas sus fuerzas.

Así, volaron entre nubes espesas y movedizas,

sobre enormes olas, junto a relámpagos deslumbrantes, atravesando vientos bravíos y lluvia persistente.

Sobre el mar, muy lejos de la costa, el león comenzó a volar en círculos.

—¿Qué hace? —gritó Jack.

—Está buscando a Neptuno —respondió Annie.

—Pero Neptuno no es real —dijo Jack.

—¡Lo sé! ¡Usemos la imaginación, como Lorenzo! ¡Vamos, trata de imaginar a Neptuno! —insistió Annie.

Jack estaba tan asustado que no podía pensar.

—¡Neptuno! —gritó Annie—. ¡Sal del agua! ¡Salva a Venecia! ¡Ayúdanos, por favor!

Su voz se perdió en el viento.

Jack se abrazó al cuello del león. Desesperado, con la cara contra la melena, trató de imaginar a Neptuno.

El león rugió dos veces. Jack, abrazado al animal, sintió como si fuera él quien rugía. El rugido lo hizo sentirse más fuerte y más calmado. De golpe recordó la pintura de Tiepolo.

En su imaginación, Jack vio a Neptuno, el Gobernador de los Mares, de barba blanca, cabello largo y hombros y brazos fuertes, junto a una mujer hermosa. Ella estaba recibiendo un regalo de manos de Neptuno. Era Venecia, la Gran Dama de la Laguna.

—¡Veo algo! —gritó Annie.

Jack abrió los ojos.

—¿Dónde? —gritó.

—¡En el agua! —volvió a gritar Annie.

Sin soltarse del león, Jack observó de reojo el mar oscuro, debajo de él. De golpe, un relámpago iluminó el mar y Jack vio una enorme lanza de tres puntas, alzándose entre la espuma de las olas agitadas.

Debajo de la lanza, el mar empezó a elevarse y a hincharse. Hubo otro relámpago y Jack vio una gran masa de algas subiendo entre las olas. *"No son algas... es pelo"*, advirtió.

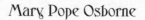

Sobre la superficie, apareció la cabeza y el cuello de un hombre. Luego, los hombros macizos, el pecho y los brazos emergieron del mar tormentoso. El gigante se alzó por encima del león, como una montaña alta y poderosa.

—¡Neptuno! —gritó Annie.

El león alado lanzó un hondo rugido. Luego, otro y otro más.

Bajo los relámpagos, la cara de Neptuno parecía curtida por muchos siglos de viento, mar y arena. Tenía los ojos hundidos, las mejillas ásperas, la barba blanca y el pelo enmarañado que le llegaba a los hombros.

—¡Neptuno, salva a Venecia de la inundación! —vociferó Annie.

—¡Por favor! —volvió a gritar Annie—. ¡Salva a la Gran Dama de la Laguna!

Neptuno alzó la mirada. Luego, con los poderosos brazos, levantó la lanza y la arrojó sobre las olas. Cuando la lanza tocó la superficie, se oyó un borboteo prolongado, como si el agua se fuera por un desagüe.

Los truenos y relámpagos cesaron. De la tormenta nació la calma. El viento se transformó en una brisa leve. Las nubes se alejaron y las estrellas brillaron.

Neptuno agarró su lanza y saludó con la cabeza a Annie, a Jack y al león.

—¡Gracias! —gritaron Annie y Jack. El león lanzó un rugido.

Luego, Neptuno empezó a sumergirse. Primero los largos brazos, luego los inmensos hombros, el grueso cuello, la cara áspera y, por último, el pelo. Todo desapareció debajo del agua.

El Gobernador de los Mares se había marchado, dejando un remolino iluminado por la luna.

CAPÍTULO OCHO

En casa, al amanecer

Jack oía el sonido de las alas y la respiración suave del león, que giraba lento sobre el remolino. Luego, formando un arco con su vuelo, atravesó el cielo.

—¡Ahora tenemos que regresar! —gritó Annie.

Jack bajó la cabeza y volvió a incrustar la cara en la melena húmeda y enmarañada. Estaba demasiado cansado para pensar. Simplemente, se abandonó a la destreza aérea del león, que los llevó de regreso al amanecer.

Cuando el león llegó al cielo de Venecia, ya era de día. Matices color lavanda iluminaban las torres de la ciudad, las cúpulas y los capiteles. La ciudad comenzaba la jornada bajo un manto de luz rosado.

El león voló hacia la plaza San Marcos. Lentamente, planeó en dirección a la torre del reloj y aterrizó en la terraza con la suavidad de un gato.

Jack respiró profundo y acarició la abultada melena. Luego, él y Annie se bajaron del lomo del león. Jack sentía las piernas flojas; tuvo que agarrase del animal para no caerse.

El león gruñó suavemente y, con la lengua áspera como una lija, lamió la mano de Jack. Él se echó a reír.

Annie rió a carcajadas cuando el león le lamió el brazo.

—Eres fantástico —le dijo ella al león.

—Sí —agregó Jack—. Fue un paseo maravilloso.

El león comenzó a ronronear. Después, se despidió y se alejó despacio.

Finalmente, se dio vuelta para mirar a Annie y a Jack por última vez. Saltó sobre el barandal de la terraza y aterrizó sobre la cornisa.

Desde arriba, Annie y Jack contemplaron cómo el león se convertía nuevamente en estatua. En un instante, la melena abultada, el lomo dorado, las poderosas patas, la larga cola y las alas se transformaron en una imponente escultura de piedra gris.

—¡Oh! —exclamó Jack con tristeza. Comenzaba a extrañar al valiente león, escondido dentro de la piedra.

Un estruendoso *¡BONG!* hizo que Annie y Jack

saltaran de golpe. Al lado de ellos, los dos hombres de bronce, dieron el golpe número seis sobre la campana gigante.

—Son las seis de la mañana —dijo Annie—. Ha pasado mucho tiempo desde que llegamos.

—Sí —dijo Jack.

—Eh, mira la veleta —comentó Annie.

Jack observó el ángel dorado de la torre vigía, que giraba con el viento. De repente, el ángel se detuvo, indicando hacia el oeste.

—¿Recuerdas las últimas líneas de la carta de Merlín? —preguntó Annie. Y las recitó de memoria:

Un ángel dorado les servirá de guía,
hacia el mar en la noche, hacia el hogar en el día.

—Creo que Venecia ya no corre peligro. Según el ángel, ya es hora de volver a casa —comentó Jack.

—Sí —agregó Annie.

Jack agarró la mochila y los hermanos bajaron por la escalera de la torre.

Al pie de la escalera, dejaron atrás la oscuridad y salieron al sol brillante de la mañana.

En la plaza, solo habían quedado algunos charcos pequeños. El Carnaval había terminado. La gente disfrazada se había marchado. Una bandada de palomas revoloteaba sobre el adoquinado, picoteando cáscaras de naranja, uvas pisadas, jirones de cintas y plumas. A no ser por algunas matas de algas marinas, no quedaban pruebas de la inundación.

Jack giró y miró la torre del reloj. Con el sol naciente, el león de piedra se veía de un color rosa suave, custodiando la plaza San Marcos con orgullo y dignidad. Nadie, excepto Annie y Jack, conocía sus poderes secretos.

—Gracias, otra vez —le dijo Annie al león.

—Sí, gracias —susurró Jack, exhausto—. ¿Volvemos a casa, Annie? —Ella asintió.

Cuando Annie y Jack estaban atravesando la plaza, vieron a dos barrenderos limpiando los restos del Carnaval.

—¡Oh, uau! —exclamó Annie, y corrió hacia los hombres, que estaban juntando una pila de basura. Annie levantó algo del piso y regresó junto a su hermano.

—Mira, Jack —gritó, alzando el libro de rimas de Teddy y Kathleen.

—¡Genial! —exclamó Jack. El librito estaba húmedo, pero legible. —Nos quedan ocho rimas. Son para los tres viajes siguientes —dijo, y guardó el libro en la mochila.

Mientras se alejaban de la plaza San Marcos, vieron el despertar de Venecia en un día común, tan diferente a la Venecia en Carnaval. Hombres, mujeres y niños armaban sus tenderetes con mercadería para vender. En sus bancos de trabajo, algunos zapateros esperaban a sus clientes. Y los gatos se desperezaban bajo el sol. El anciano, que paseaba a Rosa, su perra gorda y pequeña, saludó a Annie y a Jack.

Ellos le devolvieron el saludo.

—Nadie sabe que anoche Venecia pudo haber

quedado bajo el agua —dijo Jack.

—Y nadie sabe que nosotros ayudamos a salvarla —agregó Annie—. Ellos piensan que somos
dos payasos andrajosos.

Jack sonrió. Se había olvidado de que seguían
vestidos con los trajes de Carnaval. Ahora sus disfraces de payaso estaban sucios, rotos y empapados. Ya no tenían los sombreros y, en alguna parte,
en media de inundación o en la visita a Neputno,
las zapatillas de Jack habían perdido los moños.

—¿Cómo haremos para volver a la casa del
árbol? —preguntó Annie.

—No lo sé —contestó Jack—. Tendremos que
buscar un bote.

Junto a la ribera, Jack vio a un niño pintando,
sentado sobre un pequeño taburete.

—¿Ese no es Lorenzo Tiepolo? —preguntó
Jack.

Enseguida, él y Annie se acercaron al niño.

—¡Hola, Lorenzo! —dijo Annie.

El niño alzó la mirada y sonrió.

—Hola, Annie. Hola, Jack —saludó el pequeño.

Annie y Jack miraron la pintura de Lorenzo, que mostraba un resplandor rosado, sobre un mar azul profundo.

—¡Qué hermoso! —comentó Annie.

—Solo es el fondo —explicó Lorenzo—. Luego pintaré sobre él, gente y góndolas. Y, después, seguro agregaré algo no real, algo de mi imaginación.

—¡Adivina qué! Anoche vimos a Neptuno —comentó Annie.

—¿De verdad? —preguntó Lorenzo.

—Lo encontramos mar adentro —dijo Jack—. Estaba igual que en la pintura de tu papá.

—Fuimos sentados en el lomo del león alado de la torre del reloj —explicó Annie.

—Me alegra oír que Neptuno aún vive en la profundidad del mar —dijo Lorenzo—. Y me alegra que uno de nuestros leones aún vuele. Hoy en día, mucha gente cree que la magia ha desaparecido.

—La magia nunca se irá —dijo Annie—. No, si los pintores como tú y tu padre siguen pintando.

Lorenzo se quedó pensando. Luego, agarró su pequeño lienzo y se lo dio a Jack.

—Llévense esto y termínenlo ustedes —dijo—. Pinten lo que vieron durante su visita a Venecia.

—¿De veras? —preguntó Jack—. ¿Estás seguro?

—Sí —respondió Lorenzo—. Annie y tú tienen el don de la imaginación. Úsenlo para hacer algo mágico.

—Lo haremos —agregó Annie.

—Gracias —respondió Jack—. Empezaremos a pintar cuando lleguemos a casa.

—¡Eh, Jack! —dijo Annie, señalando una góndola, muy parecida a la que los había llevado al Carnaval la noche anterior. Los pasajeros eran los mismos: el gondolero y el hombre del farol. La vela estaba apagada, pero ambos aún iban de capa negra, guantes blancos y máscara con pico de pájaro.

—Quizá puedan llevarnos a la casa del árbol —le dijo Jack a su hermana.

—Disculpen —llamó Annie—. ¿Pueden llevarnos de vuelta a la isla? —Annie señaló en dirección al agua.

El gondolero asintió.

—Genial —dijo Annie—. ¡Adiós, Lorenzo! ¡Gracias! —Ella y Jack se acercaron al muelle, donde los esperaba la góndola.

CAPÍTULO NUEVE

La pintura

En silencio, el gondolero ayudó a Annie y a Jack a subir al pequeño bote. Luego lo desató y, con un empujón, lo alejó del muelle.

Mientras la góndola se desplazaba por aguas poco profundas, Jack se dio vuelta y echó un vistazo a Venecia. Bajo la luz del amanecer, la Gran Dama de la Laguna, en verdad, se veía eterna, como fuera del tiempo.

La góndola pasó la curva y avanzó por el angosto canal, hacia el jardín rodeado de un muro.

El gondolero amarró el bote a un palo con listas y le ofreció la mano a Annie para que bajara. Luego, hizo lo mismo con Jack.

Cuando Jack estaba bajando, la góndola se balanceó. Jack resbaló y terminó con el guante del gondolero en la mano.

—Oh, perdón —dijo Jack. Al devolver el guante, se quedó helado. *El gondolero llevaba puesto un anillo de cristal azul claro.*

Antes de que Jack dijera algo, el gondolero se puso el guante y alejó la góndola del muelle.

—Eh, esperen —balbuceó Jack—. ¿Teddy? ¿Kathleen? ¡Esperen! ¡Vuelvan!

Ninguno de los dos enmascarados se dio vuelta.

—¿Teddy y Kathleen? ¿Dónde están? —preguntó Annie.

—¡El guante se le cayó! ¡Tenía puesto un anillo de cristal azul pálido! —dijo Jack.

Los dos se quedaron mirando la góndola, mientras desaparecía en medio del resplandor del sol. ¿Había doblado en la curva? ¿O había desaparecido?

—¿Estás seguro de que eran ellos? —preguntó Annie.

—Bueno, creo que *cualquiera* podría tener un anillo de cristal —comentó Jack—. Pero aún así...

—Quizá Morgana y Merlín les dijeron que nos cuidaran —agregó Annie.

—Sí, para estar seguros de que estuviéramos bien —dijo Jack.

—Y para ver si teníamos paciencia y seguíamos las indicaciones —dijo Annie.

—Correcto —agregó Jack—. Bueno, Venecia no fue destruida por la inundación, así que pasamos la primera prueba.

—Creo que sí —dijo Annie.

Con el lienzo de Lorenzo debajo del brazo, Jack entró al jardín. Annie lo siguió.

Al entrar en la casa del árbol, Jack sacó la carta de Merlín de la mochila y señaló las palabras *Frog Creek*.

—¡Deseamos ir a este lugar! —dijo.

—¡Adiós, Gran Dama de la Laguna! —agregó Annie.

El viento empezó a soplar.

La casa del árbol comenzó a girar.

Más y más rápido cada vez.

Después, todo quedó en silencio.

Un silencio absoluto.

◊ ◊ ◊

Un viento fresco hizo crujir los árboles de Frog Creek. Annie y Jack llevaban puestos sus jeans y sus chaquetas. Estaba amaneciendo.

—Ojalá hubiéramos tenido más tiempo para visitar Venecia —dijo Annie suspirando.

—Por suerte, Lorenzo nos dio su pintura para que la terminemos —comentó Jack—. Va a ser como volver a vivir nuestro viaje.

—Genial —agregó Annie.

—Es mejor que dejemos el libro de Morgana acá —dijo Jack. Sacó el libro de la mochila y lo puso en el piso. —Y este también. —Y sacó el libro de las rimas mágicas de Teddy y Kathleen.

—Espera —dijo Annie—. ¿No es mejor que nos llevemos el libro de las rimas mágicas para que esté más seguro?

Jack asintió.

—No podemos usarlo en Frog Creek, pero lo tendremos guardado hasta la próxima misión —sugirió Jack.

—Eso mismo pensaba yo —dijo Annie—. Bueno, apurémonos, antes de que mamá y papá se despierten.

Jack guardó el libro de las rimas en la mochila. Con el lienzo de Lorenzo, Annie bajó por la escalera. Jack la siguió.

Mientras caminaban por el frío bosque, Annie levantó el lienzo y lo contempló. La luz brillante y las aguas de Venecia se veían tal como eran en la realidad.

—¿Entonces, qué vamos a agregar a nuestra pintura? —preguntó.

—Góndolas, naturalmente —contestó Jack—, con pasajeros disfrazados.

—Con capas negras y máscaras de pájaros —agregó Annie—, y con pelucas y vestidos elegantes.

—Y, de fondo, la torre del reloj, con los dos hombres golpeando la campana —propuso Jack.

—Y también, la torre vigía —comentó Annie—, con el ángel dorado arriba.

—Y el palacio del gobernador —agregó Jack.

—Y al anciano con su perra, Rosa, caminando por la plaza —dijo Annie—. Y, por supuesto, a Lorenzo.

—Y al león volando por el cielo —dijo Jack—. Y la lanza de Neptuno saliendo del agua.

—¡Con Neptuno asomándose a la superficie! Solo dibujaremos sus ojos misteriosos y algo de su cabeza —añadió Annie.

—Nos pintaremos a nosotros mismos sobre el lomo del león —agregó Jack—, en nuestros trajes de payaso y las zapatillas rojas.

—Sí, sonriendo muy alegres —propuso Annie—. Con cara de… *¡caramba, qué maravilla!*

Jack se echó a reír.

La brisa fría de la mañana acarició los árboles desnudos. Las campanas de la iglesia de Frog Creek empezaron a sonar. Annie y Jack salieron corriendo hacia su casa.

Más información acerca de Venecia

A Venecia se la conoce como la ciudad "sin tiempo", o la ciudad "congelada en el tiempo". Esto se debe a que mucho de ella y de sus tradiciones han sido mantenidas a través de los años.

El festival del Carnaval se celebra desde hace más de mil años, pero se tornó más popular en el siglo XVIII.

También, hace más de mil años que las góndolas navegan por los canales venecianos. En el siglo XVIII había alrededor de 14.000. Hoy hay 400 aproximadamente.

El santo de Venecia es el Apóstol San Marcos. Según la leyenda, su cuerpo fue robado de la tumba y traído a la ciudad en el siglo IX. Debido a que el símbolo tradicional de San Marcos es el león alado, esta imagen se encuentra representada en pinturas y esculturas por toda la ciudad. Solo en la plaza San Marcos ¡hay más de diez!

En Venecia, hay aproximadamente 3.000 callejones y 200 canales. Más de 400 puentes conectan entre sí a las 118 islas de la laguna.

Muchos pintores famosos son de esta ciudad. Giovanni Battista Tiepolo es considerado el más importante del siglo XVIII. Sus dos hijos, Giandomenico y Lorenzo, también eran pintores.

En la mitología romana, Neptuno es el equivalente a Poseidón, el dios del mar, perteneciente a la mitología griega. El arpón de tres puntas de Neptuno se conoce con el nombre de tridente. Cuando los astrónomos le dieron al planeta el nombre de Neptuno, eligieron el tridente como símbolo de identificación.

Investigación realizada por la autora

Siempre que comienzo a trabajar en un nuevo libro de "La casa del árbol", inicio la gran aventura de investigar. Visito bibliotecas, librerías y museos y navego por Internet. Hablo con gente entendida en el tema de mi búsqueda y, si está en mis posibilidades, visito el lugar en el que se desarrolla la historia.

Decidí escribir una aventura acerca de Venecia porque tenía muchos deseos de volver a visitar la ciudad. Estuve allí hace unos años y cuando regresé a mi casa, no podía dejar de pensar en mi viaje. En especial, recordaba la cálida noche de verano en la que pisé la Piazza San Marco o la plaza San Marcos, por primera vez. No podía olvidar la magia y belleza de la arquitectura de la plaza, las mesas de las cafeterías iluminadas con velas y la dulce música de violín, ejecutada por hombres en esmoquin. Me moría por regresar a Venecia. ¿Qué mejor excusa que escribir una aventura para "La casa del árbol"?

En mi segundo viaje a Venecia, llevé mi guía de la ciudad, mi cámara fotográfica y mi computadora portátil. Visité museos y compré libros llenos de pinturas de los trajes del Carnaval del siglo XVIII. Tomé fotografías de la torre vigía y de la torre del reloj. Visité el Palazzo Ducale o Palacio del Doge, en la Piazza San Marco, y tomé apuntes acerca de las estatuas de Marte y Neptuno, las pinturas de los leones alados de las paredes de la Sala de Mapas y, también, de la pintura de Giovanni Battista Tiepolo, *Neptuno ofreciéndole las riquezas del mar a Venecia*, que hoy se encuentra en la cámara del palacio.

Mi experiencia más inolvidable fue en el Palacio del Doge, mientras visitaba la histórica prisión del palacio, en la planta baja. Descendí por unos pasadizos húmedos y angostos, por escaleras de piedra y atravesé el Puente de los Suspiros hasta que, finalmente, llegué a las celdas vacías. En mi cuaderno, hice algunos diagramas de ventanas con barrotes y de pesadas puertas de madera.

Cuando traté de salir, confundí el camino de regreso. Sin aliento y con el corazón en la boca, corrí por los pasadizos con olor a humedad y atravesé las empinadas escaleras.

Finalmente, encontré el camino de vuelta a la bonita y soleada plaza. Una vez que escapé del palacio, pensé con entusiasmo, "Cuando escriba acerca de la experiencia de Annie y Jack en la prisión del Doge, realmente voy a saber cómo podrían sentirse Annie y Jack".

La mañana que me fui de Venecia, navegué en una góndola y tomé nota acerca de la forma en que el gondolero usaba el remo para impulsar la barca. También tomé nota acerca del amanecer rosado brillando sobre las aguas del canal. Fotografié la antigua ciudad desde el agua, tratando de retratar su belleza y sentido de atemporalidad. Pero, en verdad, ninguna fotografía puede hacerle justicia a Venecia. No hay apunte o dibujo que pueda captar su esencia. Esta ciudad es más vívida en la memoria, removiendo las aguas profundas de la imaginación.

A continuación un avance de

LA CASA DEL ÁRBOL® #34
MISIÓN MERLÍN

La estación de las tormentas de arena

Jack y Annie continúan con otra
maravilloso aventura llena de historia,
magia y ¡mucha arena!

CAPÍTULO UNO

La era dorada

Jack interrumpió su tarea de matemática. Abrió el cajón de la mesa de noche y sacó un libro pequeño, hecho a mano. Por enésima vez, leyó el título de la tapa:

10 RIMAS MÁGICAS PARA ANNIE Y JACK
DE TEDDY Y KATHLEEN

Durante varias semanas lo había escondido, preguntándose cuándo él y su hermana volverían a usar la magia del texto. Las diez rimas debían usarse en cuatro misiones, cada rima podía utilizarse solo una vez, y ya habían usado dos en Venecia, Italia.

—¡Jack! —Annie entró corriendo en la habitación de su hermano—. ¡Trae el libro! ¡Tenemos que irnos! —Los ojos le brillaban.

—¿Adónde? —preguntó Jack.

—Tú sabes... ¡Vamos! —contestó Annie, bajando por la escalera a toda prisa.

En un segundo, Jack guardó el libro de Teddy y Kathleen en la mochila. Se puso la chaqueta y bajó corriendo por la escalera.

Annie estaba esperándolo en el porche.

—¡Apúrate! —gritó.

—¡Espera! ¿Cómo sabes que está allá? —preguntó Jack.

—¡Porque acabo de verla! —dijo Annie en voz alta. Bajó del porche corriendo y atravesó el jardín.

—¿La viste? ¿En serio? —gritó Jack corriendo detrás de su hermana, en la fría tarde.

—¡Sí! ¡Sí! —gritó Annie.

—¿Cuándo? —vociferó Jack.

—¡Recién! —respondió Annie—. Volvía a casa de la biblioteca y tuve una *corazonada*..., así que fui a mirar. ¡Está esperándonos!

Rápidamente, entraron en el bosque de Frog Creek. Avanzaron entre los árboles llenos de capullos, pisando el musgo verde claro de la reciente primavera, hasta que llegaron al roble más alto.

—¿Lo ves? —preguntó Annie.

—Sí —contestó Jack, casi sin aliento, con los ojos clavados en la casa del árbol. Annie se agarró de la escalera colgante que se balanceaba sobre el musgo y comenzó a subir. Jack subió detrás de ella. Dentro de la pequeña casa mágica, se quitó la mochila de la espalda.

—¡Mira, un libro y una carta! —dijo Annie, levantando la carta. Jack levantó el libro de tapa dorada.

—¡Bagdad! —exclamó Jack, mostrándole el libro a su hermana. El título decía:

LA ERA DORADA DE BAGDAD

—¿Era dorada? —preguntó Annie—. ¡Qué genial! ¡Vamos!

—Espera, primero tendríamos que leer nuestra carta —propuso Jack.

—Correcto —dijo Annie, desdoblando el papel—. Es la letra de Merlín —dijo. Y empezó a leer en voz alta:

Queridos Annie y Jack, de Frog Creek:
En esta misión, viajarán a la Bagdad de hace
muchos años, para ayudar al califa a
brindar sabiduría al mundo.
Para ello, deberán ser humildes y usar
la magia con inteligencia.
Sigan estas...

—Espera, ¿qué es un *califa?* —preguntó Jack—. ¿Y qué quiere decir Merlín con "brindar sabiduría al mundo"? Es una responsabilidad muy grande.

—No lo sé —contestó Annie—. Déjame terminar...

Sigan estas indicaciones:
Viajen en un barco del desierto,
en una noche fría y estrellada.
Viajen atravesando el polvo
y la caliente mañana soleada.

Busquen al caballo de la cúpula,
el que todo lo ve,
en el corazón de la ciudad,
detrás de la tercera pared.

En la Habitación del Árbol,
debajo de los pájaros cantores,
reciban a un viejo amigo
y a uno nuevo, entre los mejores.

Recuerden que la vida
está llena de sorpresas.
Regresen a la casa mágica
antes de que la luna aparezca.

—M.

—¡Parece muy fácil! —comentó Annie.

—No, no lo es —agregó Jack—. Esto es muy misterioso. No sabemos qué significa.

—Lo sabremos cuando lleguemos a Bagdad —dijo Annie—. Pero primero tenemos que ir. Pide el deseo.

—De acuerdo —contestó Jack. Y señaló la

tapa del libro—. Queremos ir a la era dorada de Bagdad —declaró.

El viento empezó a soplar.

La casa del árbol empezó a girar.

Más y más rápido cada vez.

Después, todo quedó en silencio.

Un silencio absoluto.

Mary Pope Osborne

Es autora de novelas, libros ilustrados, colecciones de cuentos y libros de no ficción. Su colección La casa del árbol, número uno en ventas según el *New York Times*, ha sido traducida a muchos idiomas y es ampliamente recomendada por padres, educadores y niños. Estos relatos acercan a los lectores a diferentes culturas y períodos de la historia, y también, al legado mundial de cuentos y leyendas. La autora y su esposo, el escritor Will Osborne (autor de *Magic Tree House: The musical*), viven en el noroeste de Connecticut, con sus dos Norfolk terriers, Joey y Mr. Bezo.

Sal Murdocca es reconocido por su sorprendente trabajo en la colección La casa del árbol. Ha escrito e ilustrado más de doscientos libros para niños, entre ellos, *Dancing Granny*, de Elizabeth Winthrop, *Double Trouble in Walla Walla*, de Andrew Clements y *Big Numbers*, de Edward Packard. El señor Murdocca enseñó narrativa e ilustración en el Parsons School of Design, en Nueva York. Es el libretista de una ópera para niños y, recientemente, terminó su segundo cortometraje. Sal Murdocca es un ávido corredor, excursionista y ciclista. Ha recorrido Europa en bicicleta y ha expuesto pinturas de estos viajes en numerosas muestras unipersonales. Vive y trabaja con su esposa Nancy en New City, en Nueva York.

Annie y Jack viajan a la era dorada de Bagdad a una misteriosa misión en el desierto, a bordo de dos camellos.

LA CASA DEL ÁRBOL #34
MISIÓN MERLÍN

La estación de las tormentas de arena

El mago Merlín les pide a Annie y a Jack viajar
a París, Francia, donde deben encontrar a
cuatro misteriosos y brillantes magos.

LA CASA DEL ÁRBOL #35

MISIÓN MERLÍN

La noche de los nuevos magos

Annie y Jack emprenden una increíble aventura
en Nueva York en medio de una fuerte tormenta
de nieve.

LA CASA DEL ÁRBOL #36
MISIÓN MERLÍN

Tormenta de nieve en
luna azul